KB004153

세상의 모든 위로

세상의 모든 위로

윤의진 그리다
윤정은 쓰고

팬덤북스

눈물 앞에서 듣고 싶은 말

쉬고 싶다. 아무 생각 없이 책임도, 의무도 없이. 휴대폰 끄고 알람 대신 몸이 반응하는 대로 늘어지게 자고 싶다. 딱 한 달만 아니 일주일만, 그것도 안 되면 단 하루만이라도 이불에 파묻혀 빈둥빈둥 시간을 보내고 싶다. 끼니도 시곗바늘에 맞추어 억지로 먹는 것이 아니라 허기가 느껴질 때 간단한 음식으로 때우고 싶다. 그렇게 온전히 몸과 마음의 반응에 주목해주고 싶다.

하지만 말이 쉽지 1년에 단 며칠도 오롯이 쉬기가 어렵다. 삶이 팍팍해서인지 휴가 때조차도 제대로 쉬지 못한다. 이 또한 생의 치열한 과정인 듯 남들보다 많은 것을 보고 눈에 꽉 차게 풍경을 담아야 성에 찬다. 돈 아깝지 않은 여행이란 새벽부터 밤까지 그 지역의 모든 것을 보고 듣는 것이기에 바쁘게 몸을 움직인다. 결국, 열심히 여행한 끝에 얻는 것은 휴대폰 갤러리를 꽉 채운 사진과 근육통이다. 그 시간을 들여다보고 있으면 왠지 모를 뿌듯함과 동시에 헛헛한 마음이 밀려온다. '쉬러 가 놓고 또 열심히 놀고 말았네. 왜 이렇게 뭐든 열심히 일까.'

어떤 때는 몸이 아파 주삿바늘을 꽂고 링거를 맞는 두 시간 남짓이 진정한 쉼이 아닐까도 싶다. 팔에 꽂힌 바늘 탓에 움직이지 못하고 가만히 누워 똑똑 떨어지는 수액 방울을 세다 보면 나도 모르게 잠이 든다. 짧은 단잠 후 개운함이란. 링거를 맞아서인지 단잠을 자고 일어나서인지, 무튼 병원에 들어서기 전보다는 훨씬 몸이 가볍다.

약도 듣지 않을 만큼 아프고 지친 어느 날에
눈물이 마르지 않아 물방울이 넘실대던 어느 날에
감정이 발길 닿는 대로 걸어가게 둘 수 있는 나만의 공간,
내 침대 위에 누워 매일 덮는 익숙한 이불에 파묻혀
엉엉 소리 내 울고 싶다.
속상한 마음을 다 풀어내고 싶다.

살다 보면 꽤 많은 날들에 위로가 필요하지만 정작 듣고 싶은
위로는 누구에게서도 구할 수 없을 때가 많다. 그렇게 누구에
게 위로를 구할까 고민하다, 누구에게 이 아픈 마음을 호소할
까 하다 결국은 타인의 아픔에 진정으로 공감할 수 있는 관계
가 어디 흔할까 하는 생각에 이른다.

10년 전의 나는 위로가 필요할 때 타인의 감정은 고려하지 않았다. 내 아픈 마음을 좀 알아 달라며 호소했고, 들어 주는 귀와 눈의 피로를 알면서도 못 본 척 외면했다.

하지만 지금의 나는 달라졌다. 위로받고 싶어 휴대전화에 저장된 전화번호를 뒤적이다가도 이내 가방 속에 집어넣는다. 대신 하늘을 바라보며 한참을 걷는다. 그때부터였던 것 같다. 쓸쓸함을 친구 삼아 걷기 시작한 뒤로 나는 조금씩 어른이 되어 갔다. 고단한 감정 하나 더 얹지 않아도 각자의 삶이 얼마나 피곤한지 알게 되었기에 더는 누군가에게 위로를 청할 수 없게 됐다.

이 책은 그런 순간마다 나에게 힘이 되어 준 것들을 떠올리며 썼다. 혼자 걷는 걸음에 마음이 가라앉는 날처럼, 울고 싶은 날 이불 속에 파묻혀 마음이 편안해지는 순간처럼, 사소하고 소소하지만 찬란한 위로의 순간들을 모았다. 길을 걷다 예고 없이 쏟아지는 굵은 소나기에 당황하지 않게 넣어 둔 가방 속 작은 우산처럼, 위로가 필요한 날 꺼내 볼 수 있도록.

하염없이 내리는 빗속에서 누군가 큰 우산을 씌워 주는 영화 같은 우연을 기대하기에 비는 너무 자주 내리니까. 이 작은 책 한 권으로 쉬고 싶은 마음에 포근한 이불을 덮어 본다.

나의 쉼이
당신에게도 쉼이 되기를.

contents

살며시
손잡아 주기

o

비닐우산
우연한 봄
생의 한가운데
할머니는 말했다
포장마차
오이냉국
수영장
겨울 바다
끼니를 걱정해 주는 문자
일기
봉지 커피
거울
웃음 길
공감해 주는 마음
오래된 영화
떡볶이
웃음
아이스크림
무작정 걷기
손깍지

따뜻하게
안아 주기

o

갓 나온 따뜻한 빵
내장 파괴 버거
등
늦은 밤 버스 창문에 쓴 네 이름
봄 바다
예쁜 말
감기를 옮고 싶은 마음
톡톡하고 포근한 카디건
발자국
파도
한낮의 단잠
잠든 아기의 숨
숟가락에 얹어 준 반찬
연애
마음의 허기
밤 샤워

가만히 들어
주기

사치스러운 글귀

○
마음이 가난해지는 날
너라는 시를 찾아 읽는다.

한 줄
한 줄
글귀를 손으로 찬찬히 짚으며
정성스레 너를 읽다 보면
마음은 시로 물들어 풍요로워진다.
가난한 마음이 슬프지 않다.
내게는 시가 있으니
내게는 네가 있으니.

너는
내게 가장 근사한 사치다.

첫눈

○

첫눈이었다.

나도 누군가에게 적어도 살아 한 번은 첫눈으로 내렸다.

그 사실이 오늘을 견디게 한다.

찬란하고 아름다운 시절이 있었다는.

라디오

○

오랜만에 늦잠을 잤다.
불면에 시달리던 어제는 가고 다디단 잠에서 깬 오후다.

이불에 온몸을 파묻고 창으로 쏟아지는 햇살을 받으며
멍하니 허공을 응시하다 라디오를 켜고 커피콩을 간다.

커피를 내리며 라디오에서 흘러나오는 노래를 흥얼거리다
떨어지는 커피 방울을 세며 머그잔을 꺼낸다.

무심코 켠 라디오에서 평소 좋아하던 노래가 나와
행복해지는 순간, 너를 생각한다.

우연히 들려온 기분 좋은 음악처럼
너는 내게 그런 존재다.

우연한 음악처럼 나는 흐르듯 네 곁에 머문다.

기억해 줘.
세상 모두가 너를 외면해 초라해질 때도
나는 네 곁에 있어.
언제든 손끝만 닿으면 흐르는 라디오처럼
네 곁에 있을게.

할머니의 유머 1

○

"얼마 전에 친구들이랑 이야기한 건데, 이런 시국에는 우리가 군대에 가야 해. 우리는 오래 살아서 지금 죽어도 되고 총알받이로 맨 앞에 나가도 돼. 젊은 애들은 아직 살날도 많은데 얼마나 아까워."

"우리는 식욕도 별로 없어서 밥도 조금 먹고, 잠도 많이 없어서 새벽 보초도 가능해. 혼자 있으면 외로운데 다 같이 모여서 밥도 먹을 수 있고 얼마나 좋아. 가서 살림도 해 줄 수 있어."

"아쉽기는…… 너무 재미있을 것 같지 않아?"

할머니의 유머 2

○

"나는 안 먹어도 돼. 그동안 먹은 게 얼마인데, 나 주지 말고 그냥 다 먹어. 선물 같은 것도 안 사 줘도 돼. 좋은 거 이미 많이 써 봤어. 원래 늙으면 욕심이 없어."

"할머니, 정말 나이 들면 욕심이 없어져요?"

"그럼."

"왜요?"

"그동안 얼마나 많이 누리고 살았는데. 이제 그만해도 돼."

"그러면 팔십이 돼서도 욕심이 많은 사람들은 뭐예요?"

"그건 철이 아직 덜 든 거지."

나답다는 말로부터
자유로워지기

○

"너답지 않게 왜 그래?"
"너답게 행동해."

누군가 위로랍시고 건넨 말에
가뜩이나 힘든 마음이 더 시려 온다.

힘들어도 괜찮은 척 웃고 있는 나.
작은 일에 크게 상처받지만 애써 씩씩한 척해야 하는 나.
물에 젖은 휴지처럼 쉽게 찢어지는 나.
당신이 본 나는 어떤 사람인 걸까.

'너답게'라는 말을 들으면
왠지 상대가 보고 싶어 하는 모습만 보여 주어야 할 것 같다.
진짜가 아님에도 상대가 원하는 모습에 나를 끼워 맞추게 된다.

한때는 힘든 일이 있어도 마냥 웃어넘겼는데
그 때문에 큰 오해를 당하기도 했다.
버릇처럼 웃어 보이던 습관이 상대의 힘든 일 앞에서
나도 모르게 나와 본의 아니게 상처를 주고 말았다.

그러고 보면 외로워도 슬퍼도 참고 또 참는 캔디는
꽤 답답할 거다.
외롭고 슬프면 울어야지.
그래야 홀홀 털어 버릴 수 있고 속도 시원해지지.

주위에 힘들어하는 사람이 있다면
'너답지 않게 왜 그래'라는 말 대신
'지금 네 감정에 충실해. 울고 싶으면 울고, 웃고 싶으면 웃어.
이제 그만 솔직해져도 괜찮아'
'너답지 않아도 괜찮아'라고 해 주자.

가만히 들어 주는 귀와
살포시 쥐여 준 손수건,
말이 필요 없는 조용한 위로가
때로는 큰 힘이 된다.

새벽 토스트 트럭

○

새벽 4시 반, 일본에 사는 사촌 동생 부부를 공항버스 타는 곳으로 데려다주고 집으로 가는 길, 자동차 창문을 내려 새벽 공기에 손끝을 맡긴다. 손끝을 스치는 바람이 싱싱하다. 그냥 집에 가기 아쉽다.

차에서 내려 지하철역을 향해 걸었다. 부지런히 아침을 연 토스트 트럭에서는 고소한 마가린 냄새가 진동한다. 지글지글 빵과 계란이 구워지고 한옆에서는 허기진 이들이 배를 채우며 하루를 시작한다. 그들 틈에 끼어 토스트를 먹다 문득 기분 좋은 추억 하나가 떠올랐다.

언젠가 가락동에 있는 회사에 다닌 적이 있는데, 버스 정류장 앞 토스트 트럭 아저씨는 늘 새하얀 조리복과 모자를 쓰고 토스트를 만들었다. 갓 구운 빵에 신선한 양배추와 계란을 올리고 설탕과 케첩 머스터드를 뿌려 만든 아저씨의 토스트는 당시 내게 참 특별했다. 크게 한입 베어 물면 무슨 일이든지 다 잘될 것만 같은 기분이 들었다. 일주일에 한 번은 토스트 먹는 날이라고 정해 놓을 정도로 아저씨의 토스트를 좋아했다.

그 후로 회사를 퇴사하고 아저씨의 토스트가 그리워 찾아갔는데, 놀랍게도 맛이 달라져 있었다. 순간 '장사가 잘되니 아저씨도 어쩔 수 없이……'싶었다. 변한 것은 아저씨의 손맛이 아니라 더는 그 동네로 출근하지 않아도 되는 내 상황이었는데.

지금 생각해 보면 그 집 토스트는 아저씨의 손맛이 특별했다기보다는 한 주를 시작하는 나의 마음이 각별해 더 맛있게 느껴졌던 것 같다. 찬 새벽, 가락동 아저씨의 토스트 트럭을 떠올리다 보니 그때 그 시절 열정 가득했던 사회 초년생의 나와 만나게 되었다.

삶이 무료해 자극이 필요해지면 과거의 나를 만날 수 있는 곳으로 가 보자. 버스 정류장, 토스트 트럭, 자주 가던 밥집, 늘 지나던 길, 어디든 좋다. 그곳에서 이제 막 시작하려는 나와 만나 풋풋한 설렘을 느껴 보자. 설렘은 평범한 하루를 특별하게 만들어 줄 것이다.

서점 공기

○

괜히 심심하고 쓸쓸한 날이면 서점으로 간다.
힘차게 문을 열면서 크게 심호흡하고 나면
이상하리만치 가슴이 빨리 뛴다.

입구 쪽 베스트셀러부터 천천히 살펴본다. 손에 집히는 대로
제목을 읽다가 서너 권의 책을 골라 찬찬히 읽는다. 그러다 고
개를 들면 새삼 감격스럽다. 한 권의 책은 한 사람의 인생이라
하였는데 얼마나 많은 인생이 이 안에 담겨 있는 것인지.

발길 닿는 대로 걷다가 사람들이 든 책 표지를 훔쳐본다. 진
지한 사람들의 표정을 곁눈질하다 울컥한다. 저마다 책을 통
해 위로받고 있구나, 위로가 필요할 때면 다들 서점에 눈물을
묻어 두러 오는구나 싶다.

책 제목을 하나하나 눈으로 읽으며 떨어지는 눈물 대신 활자

를 흘린다. 시선 가는 대로 활자를 흘리며 책을 읽다 보면 마음을 울리는 글귀 하나가 마음에 와 박힌다. 그 글귀를 작은 노트에 적어 반복해 읽다 보면 용기가 생긴다. 무엇이든 다시 시작할 수 있을 것 같은. 주위에 힘내라고 말해 주는 이가 없을 때 스스로를 위로하는 가장 좋은 방법이다.

발걸음이 멈춘 여행기 코너에서 책 한 권을 꺼낸다. 앞에서 반짝이는 책만이 꼭 좋은 것은 아니다. 오늘 내 마음에 위안을 주는 글은 서가 가장 끝에 있는 오래된 책에 있었다. 인생도 마찬가지다. 앞서가는 인생이라고 다 빛나는 것은 아니다. 앞서 반짝이다 뒤로 물러설 때도 있고, 뒤에서도 얼마든지 저마다 반짝이는 인생을 살 수 있다.

방금 골라 손에 든 책을 계산해 서점 카페에 앉아 읽는 일, 그러다 지겨워지면 나와서 산책할 수 있는 적당한 날씨, 행복의 조건을 모두 갖추었다.
지금 내 인생이 반짝이는 이유이다.

불필요한 짐 버리기

○

이사를 한 뒤 짐을 풀며 심각하게 고민했다.
'이것도 병인가?'

세일 중에 구매한 당장은 필요 없는 화장품
닳게 되면 또 신으려고 사 놓은 같은 신발
같은 디자인 다른 컬러로 산 옷들
자잘한 장식품들
사 놓고 한 번도 듣지 않은 CD와
읽었지만 버릴 수 없는 책들까지
짐이 많아도 너무 많다.

하지만 옷이 많아도 손에 집히는 몇 가지만 돌려 입고
책이 산더미처럼 쌓여 있어도 읽은 뒤 다시 꺼낸 것은 손에
꼽는다.
닳으면 신으려고 사 놓은 똑같은 신발은 결국 질려서 신지 못

하고 고스란히 박스에 보관된다.

이럴 때 '나중에 써야지'하고 그냥 두면 결국 짐이 된다.
그런 물건들을 팔고, 주고, 나누고, 버려야
지금 당장 필요한 물건이 보인다.

행복도 그런 것 같다.
나중에 쓰려고 쌓아 놓은 물건을 버리고
지금 쓸 물건을 찾아내듯
미루지 말고, 적금 붓듯 쌓아만 두지 말고
소소하게 꺼내서 써야 한다.

'조금만 견디면 언젠가는 행복해질 거야'하고
막연한 행복만 바라보며 살아간다면
그 '언젠가'는 영원히 '오늘'이 되지 않는다.

불필요한 짐을 버리며
내일은 반드시 행복할 것이라는
막연한 기대도 함께 버렸다.
대신 오늘의 행복에 더 집중하기로 했다.

핫초코

○

억울한 일을 참고 참다 터져 결국 크게 화를 냈는데
상대는 아무렇지 않고
화를 낸 나만
시름시름 몸과 마음이 병들어 버렸어요.

아픈 나를 두고 생각했어요.
화나는 일이 많은 사람은
그 사람 자체에도 문제가 있지 않을까.
바라는 것은 많은데 그만큼 충족되지 않으니까
화가 나는 것이 아닐까요.

사실, 이해와 용서, 관용은
상대가 아닌 나를 위한 감정이에요.
이해하는 순간 마음이 편안해지잖아요.

꾹꾹 눌러 화를 참아야 할 때
잠시 숨을 고르고
머그잔 가득 데운 우유에
단내 풍기는 초콜릿 가루를 넣고
휘휘 저어 마셔요.
아마 바닥이 보일 때쯤이면
무슨 일로 화가 났는지도 잊게 될 거예요.

웃을 때 가장 예쁜 당신이니까,
주름밖에 더 생기는 인상 쓰지 말고
달달하게 한잔 어때요?

아프면 아프다고
소리내기

○

"아아아-, 아아아, 아-아, 아아아아아아아."

치과 치료를 받다 참을 수 없는 통증에
나도 모르게 소리를 지르고 말았다.
그런다고 고통이 줄어드는 것은 아니지만
소리를 내면 아픔이 줄어든 착각이 든다.

아플 때는 무작정 참기만 할 것이 아니라
눈치 보지 말고 있는 힘껏 소리라도 질러야 한다.
아파도 참아야 한다는 강박
참다 보면 언젠가 좋은 날이 올 거라는 기대가
상처를 덧나게 하고 속을 곪게 한다.

아프면 아프다고
슬프면 슬프다고
힘들면 힘들다고
솔직하게 말하면 된다.
마이크에 대고 고성을 질러도 좋고
산 정상에 올라가 크게 외쳐도 좋다.

참지 말자.
아픔도
기쁨도.
참지 말고 충실히 느끼자.

오랜 친구

○

"나 슬퍼."

"별 시답지 않은…… 궁상떨지 말고 빨리 밥이나 먹어."

"낄낄낄, 그런가? 하긴……."

때로는 어설픈 위로보다 오랜 친구의 질펀한 욕이 마음 편하다.

실컷 웃으며

조곤조곤 마음을 풀어 놓는 입술에 주목해 주고

내 말에 귀 기울여 공감해 주는 눈빛에

바닥에 무거운 짐을 내려놓듯 마음을 푼다.

우리가 바라는 위로는 거창한 것이 아니니까.

들어 주고 공감해 주는 그거면 되니까.

오랜 친구처럼 그렇게.

숲으로 가자

○

"신발 벗고 걸어 봐. 그리고 발가락 끝으로 흙을 느껴 봐."

여름밤의 끝, 너와 걷던 밤의 숲은 호젓하고 어둡다.
불빛 하나 없는 숲에서 하이힐에 혹사당한 발이 땅을 밟는다.
축축하고 보드라운 흙을 밟으며 너와는 한 뼘 떨어져 걷는다.
때로는 가까운 거리보다 한 걸음 물러선 거리가
편안하고 안정적이다.

달은 휘영청 떠 있고
시큼한 땀 냄새 섞인 너의 체취를 맡으며
밤의 숲을 두 팔 벌리고 걷는다.
세상 끝으로 도망쳐 나오지 않아도 이렇게 숨어들 공간이 있다.
고개를 돌려 어둠 속 네 형체를 확인하고 크게 숨을 내쉰다.

숲으로 가자.

나무와 바람, 흙을 느낄 수 있는 곳으로.

숲으로 가자.

고단한 신발을 벗고 마음 가는 대로 갈 수 있는 곳으로.

나무는 우리의 이야기를 듣고 잎사귀를 흔들며 토닥여 준다.

오랜 시간 비와 바람, 눈을 맞고도 버티며 서 있는

나무의 등에 기대어 눈을 감고 심호흡한다.

숲으로 가자.

어디든 기대어 숨 쉴 수 있는 공간으로.

말없이 안아 주기

o

친구의 눈꼬리와 어깨가 유난히 처져 보이는 날,
한참을 말없이 가슴으로 안아 주었다.

토닥토닥,
떨리는 등을 연신 쓸어내려 주고 있는데
갑자기 왼쪽 어깨가 뜨겁게 젖어 온다.

'괜찮아, 울고 싶은 만큼 마음껏 울어.'
소리조차 내지 못하는 친구의 울음에 마음으로 말했다.

서로의 목소리를 듣지 않아도 마음이 전해지는 순간들이 있다.
꼭 잡은 두 손
어깨의 미세한 떨림
눈빛과 공기만으로 느껴지는 진심.

한참을 안고 있던 친구의 울음이 잦아들 때쯤
주머니에서 손수건을 꺼냈다.
우리는 서로를 바라보며 말없이 미소 지었다.

이처럼 세상에는 말이 필요 없는 위로도 있다.

오락실

○

영화 상영 시간까지 한 시간 남짓 남아 주변을 서성이다, 마침 오락실을 발견했다. 꼬맹이 시절, 100원 넣고 열심히 때리던 두더지 게임이 500원이나 한다. 충격적이다.

값이 올라간 걸 보니 너희들도 맞느라 힘들었구나.
사람도 오락실 두더지도 살기 힘든 것은 마찬가지인가 보다.

"왜 때려! 아얏, 약 오르지! 아, 왜 때려!"

왜 때리느냐며 톡톡 튀어 오르는 두더지 머리에
평소 얄밉게 굴던 이의 얼굴을 박아 있는 힘껏 내려친다.
앞에서는 한마디도 못 하면서 애꿎은 두더지 머리만 팡팡
내려친다. 소심해도 어쩌겠어. 이게 나인 걸.

500원어치가 다 됐는지 더는 두더지 머리가 올라오지 않는

다. 소심한 마음이 조금은 시원해졌다.

하지만 이대로 가기는 왠지 아쉬운데……
결국, 나가려던 발길을 돌려
지갑에 있던 1,000원짜리 지폐를 몽땅 잔돈으로 바꾼다.

씨익.

Flowers we are[*]

○

봄, 길을 걷는데 벚꽃이 흐드러지게 피었다 지며
꽃비가 내렸어요.
한참을 넋 놓고 바라보다
'지는 꽃은 눈물 나게 아름답구나'하고 중얼거렸어요.
이 비를 맞으려면 다시 또 1년을 기다려야 하죠.

지금 흐르는 눈물과 마음에 생긴 상처는
꽃이 피기를 기다리는 시간처럼
다 지나고 나면 꽃이 될 거예요.
눈물이 흘러 꽃비가 될 거예요.
그렇게 되도록 내가 기도해 줄게요.

이름 모를 누군가가 나를 위해 기도해 준다는 것만으로도
꽤 버틸 만하거든요, 삶은.

눈물이 꽃비로 흩날리는 날이 오면

그때, 당신도 이름 모를 누군가의 아픔을 위해 기도해 주세요.

다시 꽃이 필 무렵에는 지금처럼 아프지 말라고.

그렇게만 된다면 세상이 너무 따뜻할 것 같지 않나요?

* 이루마, 〈Flowers we are〉을 듣다가 쓴 글

인연

○

나이가 들수록 마음을 터놓을 정도로 가까운 친구는 줄어든다.

단짝은 살아가는 환경과 상황에 따라 갈리고, 가장 가깝다고 믿었던 가족은 언제부터인가 떨쳐 내고 싶은 애증의 관계가 되기도 한다. 왜 그럴까. 내가 나쁜 것일까 아니면 상대방의 잘못일까.

변해 버린 관계가 견디기 힘들어 다가서면 고슴도치처럼 돋아난 가시에 찔려 피가 흐른다. 흐른 피를 보고 있자면 아픔보다는 슬픔에 가깝다.

간혹, 오래 알고 지낸 관계보다 상황과 환경에 맞는 새로운 친구가 더 깊은 위안이 될 때가 있다. 같이 있으면 공통분모로 인해 말도 잘 통해 내가 '아' 하면 '어' 하고 알아듣는다.

얼마 전의 일이다. 낯을 많이 가리던 내가 엘리베이터 안에서 친구 한 명을 사귀었다. 외롭고 적막한 도시에서 나와 비슷한 구석이 있는 것 같아 말을 건넸는데 얼마 지나지 않아 오랜 친구만큼 가까워졌다.

'1+1=2'라고 정의 내리듯 어제를 설명하지 않아도 되는 오래된 친구가 가장 편안한 사이라고 생각했는데 나이가 들면 그것도 아닌가 보다.

별과 달처럼 꼭 만나야 하는 인연도 있지만
파도와 모래알처럼 스치는 인연도 있다.
함께한 시간의 길이를 떠나서.

원망과 미움의 가시 끝은 결국 내 가슴이다.
그러니 일부러 손을 뻗어 잡지 말자.
될 인연은 힘들게 몸부림치지 않아도 곁에 머문다.

영화관

o

영화관에 들어서면 새 인생이 시작된다. 광고가 끝나 불이 꺼지고 스크린에 불빛이 들어오면, 손에 든 팝콘을 내려놓고 휴대폰을 끄고 그 속으로 들어가 낯선 인생을 살다 나온다.

세상을 구하는 영웅이 되었다가, 시간을 여행하는 사람도 되었다가, 죽도록 아름답고 아픈 사랑도 한다. 일상에서는 꿈만 꾸던 파리로, 뉴욕으로 여행도 간다. 그렇게 두어 시간 수백 개의 동공이 스크린에 부딪혀 같은 인생을 살다 나온다. 남은 생에 대한 미련도 걱정도 없이 오로지 그 순간만 열정적으로 살다 나온다.

다른 생이 끝나고 영화관 안은 다시 밝아진다. 휴대폰을 켜고 내려놓은 팝콘을 들고 하도 깨물어 납작해진 빨대로 김빠진 콜라를 마시며 내 이름을 찾는다. 가만, 밥통에 밥이 떨어진 것 같던데 집에 가자마자 쌀부터 씻어야겠네. 두 시간 동안 열정적으로 살았던 그 기억으로 오늘의 밥을 지어야지.

언제부터인가 굉장히 힘든 일이 닥쳐올 때면 영화 속 한 장면이라고 생각하는 버릇이 생겼다. 지금은 힘들지만 호사다마, 결국 일은 해결되고 힘든 만큼 더 기쁜 날이 올 것이다. 한평생을 두 시간짜리 영화로 압축해 본다면 지금 이 힘든 순간은 몇 분이나 될까? 기껏해야 지나가는 한 장면, 몇 초쯤 될 것이다. 그러니 참아 내자. 눈 딱 감고, 잠시 숨을 고르고. 결국은 다 지나갈 것이다.

오늘도 나는 그렇게 지은 따뜻한 밥을 먹고 훗날 수백, 수천, 아니 수만 편 영화 속의 한 장면이 될 지금 이 순간을 산다. 순간을 살아 내야 인생이라는 영화가 완성될 테니까.

아날로그의 정서

o

쉽고 빠른 최첨단의 기계보다는 굳이 불편한 것이 좋다.

버튼 하나만 누르면 끝날 일을
갈고, 닦고, 자르고, 손으로 만져야 손에 쥐게 되는
그 과정이 내게는 소중하다.

지지직거리는 레코드판의 음이
듣기에 깔끔한 음원보다 정겹고
돈이면 1분 안에 살 수 있는 무언가를
일주일 아니 한 달이 걸려 천천히 만들어 내는 느릿함이 좋다.
아침마다 라디오를 틀 때, 선곡표를 확인하는 대신
'오늘은 어떤 음악이 나올까' 기대하는 마음이 더 좋다.

기계가 사람의 역할을 대신해 줄 수는 있어도
마음과 감정까지 거들어 줄 수는 없으니.

지금 이 순간, 책장을 넘기는
당신의 손이 좋은 이유도 마찬가지다.
수고스럽게 글자를 읽고 머리로 생각하는 것이 좋다
아날로그의 정서를 통해 만지고 다듬으며
펄떡거리는 생동감을 느끼는 오늘이 좋다.

이불 정리

○

유난히 완벽한 저녁이었어. 왜 그런 날 있잖아, 삶의 퍼즐 조각이 딱 떨어지게 맞아 드는 모든 것이 완벽한 날. 그러다 문득 이런 생각이 들었어.

'내가 지금 이렇게 행복해도 될까?'

'이 행복이 내 것이 맞을까? 혹시 남의 행복을 빌려 쓰고 있는 것은 아닐까?'

아니나 다를까. 그 다음 날부터 궂은비가 연이어 쏟아지더라. 어제는 그저 운이 좋은 날이었던 거지.

하염없이 내리는 궂은비를 맞으며 울다가 이런 생각을 했어. 고통에도 총량이 있고, 기쁨에도 총량이 있다면 눈물에도 총량이 있지 않을까. 사실 그렇잖아. 고통에도 총량이 있기에 늘 고통만 있지 않고, 기쁨에도 총량이 있기에 두 가지가 반복해서 일어나지. 그렇다면 오늘 흘린 눈물도 결국에는 마를 날이 오지 않을까.

이제 그만 침대에서 나와야겠어.
눈물의 총량은 내가 정하는 거니까.

침대에서 몸을 빼내 방을 나가려다 구겨진 이불을 봤어.
다시 방에 돌아왔을 때 반듯하게 접힌 이불을 본다면
왠지 마음도 반듯해질 것 같았어.
그래서 구겨진 이불을 탈탈 털어 반듯하게 갰어.
이불을 털며 반나절의 눈물도 같이 털어 냈지.

운수 좋은 날을 진짜 운수 좋은 날로 만들려면 힘을 내야지.
구겨진 이불을 펴듯 마음의 구김도 함께 펴는 거야.

힘든 오늘

○

사람들은 힘들지 않으려 애쓰기 때문에 힘들다.

생각해 보면 인생의 대부분은 힘들다.
사람마다 차이가 있겠지만
고통이 대부분이고 행복은 아마 찰나에 가까울 것이다.
그렇다면 힘든 순간을 이기는 힘은 어디서 올까.
그것은 바로 기쁨에 대한 기대이다.

'이 터널만 지나면 괜찮을 거야, 행복할 거야'하는 기대가
오늘을 견디게 하는데, 오늘은 대개 힘들기 마련이다.

잠시 눈을 감고 지나온 하루를 떠올려 보자.
잠자는 시간을 제외하고 몇 번이나 진심으로 웃었는지
얼마나 힘들었으며 버거웠는지.

어쩌면 우리는 힘든 오늘이 습관이 되어 버려
지금껏 버거운 줄 모르고 살았던 것이 아닐까.

그러니 오늘 하루 역시 힘들었다면 그마저도 좋아해 주자.
내가 좋아해 주지 않으면 살아온 시간이 슬퍼진다.
삶의 대부분이 고통스러운 시간일 텐데.
이제부터라도 스스로에게 힘든 오늘을 살아가느라
고생이 많다고 등이라도 한번 두드려 주고,
잘하고 있다고 응원해 주자.

그렇게 되면 힘든 순간보다 기뻐하는 순간, 행복한 순간이
자신도 모르는 사이에 더 많아져 있지 않을까.

받아들이는 연습

○

한때는 '왜 나에게만 이런 일이 생기지?'라며 주변 환경을 탓했는데, 그러다 보니 불만만 끊임없이 쌓여 갔다. 돌이켜 보니 나에게만 이런 일이 생긴 것이 아니라 다른 사람에게 무관심했던 것이었다. 다들 머리 아프게 살아가고 있지만 티 내지 않을 뿐이었다.

세상의 불행은 혼자 다 짊어진 척하고 살던 시기에 우연히 한 모임에 초대되었는데, 유독 눈을 뗄 수 없는 커플이 있었다. 다정하게 팔짱을 끼고 있었는데 선남선녀라는 말이 제법 잘 어울리는 둘이었다. 하지만 그런 호기심도 잠시, 어렵게 말을 연 남자의 입에서는 전혀 뜻밖의 말이 흘러나왔다.

"저는 여자 친구와 만난 지 100일 된 기념으로 이 자리에 왔어요. 저희가 워낙 배우러 다니는 것을 좋아하거든요. 사실, 저는 현재 백혈병을 앓고 있어요. 건강했던 제가 갑자기 이렇게 될 줄은 꿈에도 몰랐어요. 보통은 여행 계획이나 세우며 살지 내가 아플 때를 대비하며 살지는 않잖아요. 저 역시 남들처럼 회사 다니고, 운동하고, 심지어 잘 아프지도 않았어요. 그러던 어느 날 몸이 안 좋은 것 같아서 병원에 갔더니 더 큰 병원으로 가라고 해서 여러 가지 검사를 받았는데…… 백혈병이었어요. 지금은 직장을 그만두고 병원에 다니면서 치료에 집중하고 있어요."

말을 마치며 수줍은 듯 벗은 모자를 고쳐 쓰는 그를 향해 사람들은 뜨거운 박수를 보냈다. 사람들을 따라 열심히 박수 치고 있는데 나도 모르게 그만 얼굴이 달아올랐다. 세상에서 가장 불행한 사람인 척 구는 내 태도가 그의 담담함 앞에서 일순간 부끄러워졌다. 다 지나갈 일일 뿐인데, 어린아이처럼 징징대고 있다는 생각이 들었다.

병을 이겨 내는 첫걸음은 인정하고 받아들이기이다. 받아들여야만 치료도 할 수 있고, 과정 중에 힘든 일도 견딜 수 있다. '어떻게 나한테 이런 일이 일어날 수 있어!'하고 비관만 하면 다음 걸음으로 나아갈 수 없다.

하지만 일어나는 모든 일을 인정한다 한들 크고 작은 시련 앞에서 하루에도 몇 번씩 무너지는 우리에게는 위로가 필요한 순간들이 참 많다.

왈칵 눈물이 쏟아지는 순간,
나를 위로해 준 소소한 것들이
당신에게도 위로가 될 수 있다면……
작은 위로나마 당신이 있는 곳에 닿을 수 있다면 얼마나 좋을까.

지그시
바라봐
주기

틈

○

친구들과 숲길을 산책하다 가을바람에 코끝이 쩡해져
코를 훌쩍인다.
"따뜻한 라테 한잔 마시면 좋겠다, 어때?"

친구의 말에 찾아 들어간 카페는 커피 볶는 기계가 1층의 반
을 차지하고 있었고, 2층으로 올라가니 인테리어는 최소화되
어 있었다. 한적하게 놓인 테이블 중 나무와 가장 가까운 창
가 자리를 골라 앉는다. 라테를 한 모금 홀짝이다 눈이 휘둥
그레진다. 맛있어도 너무 맛있다. 부드럽고 고소한 커피 맛을
느끼며 잔을 들고 창밖을 바라본다. 따뜻함이 온몸을 휘감아
점점 나른해진다. 세상에서 제일 편안한 이 기분.

언제부터인가 화려한 인테리어 대신 한적한 공간을 더 즐겨
찾게 되었다. 테이블 몇 개, 의자 몇 개 덜렁 놓인 공간이야말
로 음식 본연의 맛과 내 앞에 있는 이에게 집중하기 좋은 최

적의 장소가 아닐까.

공간뿐만 아니라 물건, 옷을 고르는 기준도 달라졌다. 이제는 몸에 꼭 맞는 것보다는 조금씩 여유 있는 것들을 고르게 되었다. 몸에 붙어 긴장감을 주는 옷 대신 적당히 헐렁한 품이 좋고, 발볼을 조이는 하이힐보다 걷기 편안한 단화에 손이 더 간다. 전에는 굽이 10센티미터나 되는 하이힐을 어떻게 신고 다녔는지 보기만 해도 아찔하다.

몸에 딱 맞는 옷은 겉보기에는 예쁘지만 꽉 조이는 느낌에 숨이 막힌다. 사람도 마찬가지다. 적당한 틈이 있어야 매력적이다. 정신없이 바쁘게 사는 사람 곁에도 희미하게나마 틈이 보여야 인간미가 느껴진다. 그 틈이 곧 내가 비집고 들어갈 수 있는 자리이니까.

옷도, 신발도, 공간도, 사람도
숨 쉴 구석, 적당한 틈이 있어야 좋다.
틈은 빈 공간이 아닌 여유의 상징이니까.

노을

○

살다 보면 지금보다 더 나쁜 일은 얼마든지 일어날 수 있다.
하지만 분명한 것은 그 어떤 것도 영원하지 않다.
파란 하늘을 붉게 물들인 노을만 봐도 알 수 있다.
아름다운 순간들은 저 붉은 노을처럼 금세 사라지기 마련이다.

그렇다고 아쉬워할 필요가 있을까.
아름다운 순간을 경험했다는 사실, 그냥 그거면 되지 않을까.

그러니까 못 견디게 힘든 오늘도
영원하지 않다는 것만 기억하자.
아무리 아름다운 노을이라도
어둠에 금세 사라지고 마는 것처럼
시련도, 슬픔도 다 지나가기 마련이다.

오늘의 스트레스에

내일의 걱정까지 더해지면
주름 생겨 늙기밖에 더하겠는가.
그러니 괜한 주름살 하나 더 늘리지 말고
오늘의 심연은 지는 노을에 흘려보내자.

세상에 영원한 것은 없으니까.

하품

○

'하아아아암'

입이 찢어지게 하품을 하다
너와 눈이 마주쳐 '픽'하고 웃어 버렸다.
반쯤 감긴 눈과 반쯤 벌어진 입에서 나온 우리의 하품.

하품까지 닮는 익숙한 평화로움에 나른해지는 오후.
오래된 연인의 어깨에 머리를 기대어 지친 하루를 내려놓는다.

오롯이 편안한 순간.

슬픔의 유통 기한

○

냉장고에서 유통 기한이 오늘까지인 우유를 꺼내 마시며
생각했다.
'슬픔에도 우유처럼 유통 기한이 있었으면 좋겠다.'
'내년에 다가올 슬픔까지 1+1로 한꺼번에 찾아온 거라면 좋
겠다.'
'꾹 참고 한 번에 다 마셔서 끝낼 수 있었으면 좋겠다.'

힘든 순간은 유통 기한에 적힌 기간까지라고
조금만 견디면 다 해결될 거라고
버겁게 애쓰지 않아도 시간은 흘러간다고
누가 말해 준다면 좋겠다.

좋을 텐데.
슬픔의 유통 기한을 안다면.

여름 바다

○

어제는 당신의 어깨가 유난히 슬퍼 보이더라. 그래서 당신을 위로하려면 무엇이 좋을까 생각하다 휴식을 선물하기로 했어. 토요일 아침, 집 앞으로 찾아가 옆자리에 당신을 태워 아이스커피를 손에 들려 주고 당신이 좋아하는 음악을 튼 뒤 바다를 향해 달려갔지.

야근에 지친 당신이 잠에서 깼을 때는 이미 푸른 바다 앞.

세 시간 남짓을 달려온 바닷가의 뜨거운 햇살 아래, 서로를 사랑하는 마음이 아지랑이처럼 불타오른다. 신발을 벗고 뜨거운 물에 몸을 담그며 사랑의 가장자리로 걸어 들어간다.

내일이면 차갑게 식어 버릴지라도 미리 걱정하지 않는다. 내일의 차가운 바다는 우리에게 없을지 모르니. 아니, 없을 것이라 믿으며 오늘을 산다.

지금 이 순간에만 집중하고 싶다.
너의 눈동자에 내가
뜨거운 태양 아래 바다가
그 바다 안에 우리가 있다.

여름의 바다는 열애다.
그것도 아주 뜨거운.

당신이 행복해 보여 좋다.
당신이 행복하면 나도 행복하니까.

달

○

유독 나 자신이 초라하게 느껴지는 날이다. 10년 동안 10권 가까이 책을 냈는데 세상에 나를 아는 사람은 얼마나 될까. 며칠 전 마주친 두 권의 책을 낸 이의 눈부심에 괜한 자격지심마저 든다. 안 되겠다. 이대로 그냥 있다가는…….

결국, 단화를 꺼내 신고 물통에 생수를 가득 채워 집을 나섰다. 정처 없이 길을 걷다 미술관에 가기 위해 버스를 탔다. 머리를 비우고 싶을 때는 미술관만큼 좋은 곳이 없다. 그림 사이를 멍하니 산책하며 생각이 흐르는 대로 놓아두면 쫀쫀하게 엉킨 실타래가 느슨해지는 기분이다.

서촌과 통의동의 작은 미술관을 거닐며 정처 없이 걷다 벽에 붙은 전시 포스터에 시선이 머문다. 그렇게 한참을 오랫동안 멈추어 서 있었다.

'달은 가장 오래된 시계다.'

고개를 들어 까만 밤하늘에 뜬 달을 보며 시간을 지운다. 까만 밤을 지새우고 해가 밝아도 달은 떠 있다. 밝은 빛 때문에 보이지 않을 뿐. 나도 마찬가지다. 지금은 비록 하찮고 보잘 것 없어 보여도 존재 자체가 사라진 것은 아니다. 그저 다른 빛에 가려져 보이지 않을 뿐. 저기 저 달처럼 오랜 시간 자리를 지키다 보면 은은하게 빛나는 순간이 오겠지. 어떤 이에게는 시계가 되고, 어떤 이에게는 어둠을 밝히는 통로가 되는 날이 오겠지.

달빛을 보고 걸어야겠다.
시간을 잊고
시름을 잊고
어둠 속에 숨어
미립의 존재가 될 때까지.

한없이 걷다 보니 평소 좋아하던 구절이 머릿속을 스친다.
'빛이 어둠에 비치되 어둠이 깨닫지 못하더라.'*

나의 빛은 어쩌면 나만 모르고 있는 것이 아닐까 생각하며.

*요한복음 1:5

자장면 한 그릇

o

다섯 살, 서울에 올라와 먹은 음식 중 1등은 단연 자장면이었다. 태어나 처음 본 윤기 흐르는 검은 면발은 황홀 그 자체였다. 둘째 언니네 피아노 학원에서 끓여 준 자장 라면 한 그릇을 언니가 창피해할 정도로 얼굴에 묻히고 먹던 꼬맹이는 기운 빠지는 날이면 꼭 자장면을 찾는 어른이 됐다.

풀리지 않는 문제를 억지로 풀어 보려 끙끙대다 오후 3시가 되어서야 배고픔을 느꼈다. 배가 고프니 어깨에 멘 가방이 돌덩이처럼 느껴진다. 편의점에서 자장 라면이라도 먹을까 고민하던 차에 몇 걸음 더 걷다 보니 자그마한 중국집이 나온다. 홀리듯 문을 열고 들어가 의자에 털썩 앉으며 주문한다.

"여기, 자장면 한 그릇 주세요. 고춧가루도 주시고요."

완두콩 세 알이 올라간 자장면을 그릇 바닥이 다 보이도록 박

박 긁어 먹고, 단무지를 오물오물 씹고 나니 메고 온 가방의 무게가 달리 느껴진다. 먹는 사이 누가 몰래 와서 돌덩이를 빼 주었나.

만 원 한 장을 내고 거스름돈을 기다리며 '풀리지 않는 문제 따위 그냥 두라지. 시간이 알아서 해결하겠지'하고 속으로 중 얼거린다.

가게 문을 열고 나와 유독 파란 하늘을 올려다본다.
하늘을 올려다볼 여유도 있고
자장면 한 그릇도 먹을 수 있으니
이만하면 행복한 하루 아닐까.

나무의 이유

○

거실 창문 밖으로 나뭇잎이 흔들린다. 한 달 전에 이사 온 집
은 4층인데 나무와 키가 맞닿아 눈높이가 딱 맞는다. 나무가
바람결에 흔들리는 풍경은 아무리 봐도 질리지 않는다. 살아
숨 쉬는 액자 같다.

존재의 이유에 대해 의문을 품었던 적이 있다. 오랫동안 답
을 찾지 못했는데, 그 대답을 나무가 대신해 준다. 움직임 없
이 한 곳에 뿌리 내린 나무는 우리가 숨을 쉬게 해 주고 때로
는 의자도, 그늘도 되어 준다. 가끔은 먹을 것을 주기도 하며
쉘 실버스타인의 《아낌없이 주는 나무》처럼 밑동까지 내주
기도 한다.

움직이지도, 말도 하지 못하는 나무에게도 이처럼 존재의 이
유가 있는데 말도 할 수 있고 움직일 수도 있는 사람에게 존
재의 이유가 없을 리 없다. 나무처럼 품이 크고 넓은 사람이

되어야지. 비와 바람, 눈과 햇살을 온몸으로 맞으며 단단해지는 나무처럼 나의 삶도 그렇게 뿌리 내리기를 기도한다. 뿌리 깊은 나무처럼.

오늘의 춤

o

길을 걷다 오픈 테라스로 흘러나오는 재즈에
본능적으로 발끝이 두둠칫
비트와 리듬에 몸을 맡겨 빙그르르 한 바퀴
춤을 추며 행복해진다.

누가 보든 말든 지금, 이 순간 춤을 추고 싶다.
리듬에 몸을 맡기고 지금 느끼는 것이 세상의 전부인 듯.
내일의 슬픔은 내일의 몫
그러니 오늘의 흥도 오늘의 몫.

모든 일은 다 잘될 거라고
우리는 꼭 행복해질 거라고
그렇게 믿자 정말로.

발끝은 흐르는 음악에 맡긴 채

걱정은 모두 잊고
지금은 오직 즐거운 상상만 하자.

결국, 모든 것은 내가 믿는 대로 될 테니까.

새드 엔딩

○

'그리고 그들은 영원히 행복하게 살았습니다'로
끝나는 동화를 알고 있다.

동화를 덮으며 생각했다. 모두가 해피 엔딩이라 믿는 끝은
정말로 해피 엔딩이었을까?

고슴도치처럼 함께 있으면 아픈 사랑도 있고, 떨어져 있어야
아름다운 사랑도 있다. 왜 수필《인연》에도 그런 문장이 있지
않나. '그리워하면서도 한 번 만나고 못 만나게 되기도 하고
일생을 못 잊으면서 서로 아니 만나 살기도 한다'고.

지나고 나면 새드 엔딩이 해피 엔딩이 되는 순간들이 있다.
끝은 늘 새로운 시작을 불러온다. 지금 당신이 마주한 장면이
꼭 끝은 아니다. 그러니 새드 엔딩에 눈물 흘리지 말자. 다음
장은 아직 펼쳐지지 않았으니까.

지는 꽃

○

봄이 아름다운 것은 기나긴 겨울이 끝났기 때문이고
꽃이 아름다운 것은 영원하지 않기 때문이다.

꽃이
피고
지는
피고
지는
것을 알기에 아름다움에 더 집중할 수 있다.

모든 아름다움에는 이유가 있지만
너의 아름다움에는 이유가 없다.

네가 아름다운 것은 너이기 때문이니까.

따뜻한 말 한마디

○

"많이 힘들었겠구나."

"알아, 네 마음 다 알아."

"울고 싶으면 마음 풀릴 때까지 울어도 돼."

"걱정하지 마. 어디 안 가고 네 곁에 있어 줄게."

눈물 앞에서 듣고 싶은 말.

메모

○
- 괜찮아, 잘될 거야.
- 힘들 때는 기분 좋은 상상을 해 봐.
- 하루 10분이라도 운동하기.
- 무엇이든 할 수 있어!
- 넌 웃을 때 제일 예뻐.

순간 울컥하는 마음이 들어
포스트잇에 듣고 싶은 말을 적어
욕실 거울에도 붙여 놓고
화장대에도 붙여 놓고
신발장에도 붙여 두었다.

듣고 싶은 위로를 타인에게 구걸하며 상처받지 않으려고.
위로가 필요한 순간은 내가 제일 잘 아니까.
듣고 싶은 말은 내가 제일 잘 알고 있으니까.

작년, 오늘의 나에게

○

"지금도 충분히 잘하고 있어.

더 애쓰지 않아도 괜찮아.

울고 싶으면 펑펑 울어도 돼.

속 시원하게 울어 버려.

눈치 보지 말고 지금 네 감정에 집중해."

작년, 오늘의 나를 만나면 해 주고 싶은 말.

빗소리

○

비 오는 날, 손에는 우산을 들고 발에는 슬리퍼를 신겨
거리로 나선다.
춤을 추듯 발걸음을 옮기며 비의 연주를 듣는다.
톡, 톡, 후드득, 후드득.

슬리퍼 안으로 빗물이 들어오면 힘껏 걷어찬다.
몰려온 괴로움을 내몰 듯 한껏 걷어찬다.

하지만 아무리 걷어차도 빗물은 계속 제자리이다.
그래도 내리는 비를 피하지 않고 사뿐사뿐 걷는다.

한참을 걷다 낯선 카페의 천막 아래로 들어선다.
화분에 피어 있는 함초롬한 초록빛이 곱다.

토도독

톡톡
토도독.

울려 퍼지는 빗소리를 들으며
따뜻한 차 한잔을 손에 쥔다.

아쉬울 것도, 부러울 것도 하나 없는
가장 나다운 어느 날.
비와 함께 내리는 괴로움을 모조리 털어 내는
속 시원한 어느 날.
피하지 않고 받아들이는 연습을 하는
어느 멋진 날.

마른 빨래 냄새

○

옷장을 정리하다 보니 아끼는 옷마다 언제 생겼는지 모를 얼룩이 져 있어 눈살이 찌푸려진다. 어휴, 내가 그럼 그렇지. 하지만 후회는 언제 해도 늦기 마련이라 하는 수 없이 세탁기로 옷을 가져간다. 통에서 스푼 가득 세제를 퍼서 세탁기에 넣고 버튼을 누른다. 세탁, 헹굼, 탈수, 헹굼은 두 번.

빨래가 돌아가는 풍경을 바라보다 바쁘다는 이유로 놓쳐 버린 소소한 행복들을 꺼내 본다. 좋아하는 친구를 바쁘다는 핑계로 메시지만 주고받고 만나지 않은 것, 치킨이 먹고 싶었지만 다이어트 때문에 꾹꾹 참은 것, 잔뜩 뭉친 근육을 짧은 스트레칭으로나마 이완시켜 주지 않은 것, 날씨 좋은 날 바삐 걷느라 풍경을 놓쳐 버린 것……

식탁에 앉아 종이에 하고 싶은 일을 끄적이다 보니 어느새 빨래가 끝나 있다. 건조대가 휘청거릴 만큼 빨래를 널고 햇살이 들어오는 창을 향해 크게 심호흡한다. 아- 좋은 냄새.

바싹 마를 빨래를, 말끔히 지워져 있을 얼룩을 상상만 했을 뿐인데 벌써 기분이 상쾌하다. 지금부터는 차곡차곡 미뤄 둔 일들을 하나씩 해 나가야겠다.

미뤄 둔 일을 끝내는 것이
미룬 빨래를 끝내는 것보다 훨씬 상쾌할 테니.

한밤중에 먹는 라면

○

어쩌다 한 번 오는 기막힌 우연 같은 행운보다
보글보글 끓고 있는 저 아름다운 라면의 자태에 마음이 풀린다.
톡 하고 달걀을 깨뜨려 넣고 뚜껑을 닫아 20초쯤 센 다음
가스 불을 끄고 냄비째 식탁으로 들고 와
한 젓가락 들어 올리며 후후 불고 있는 지금 이 순간,
노트북 화면에 보고 싶던 영화가 나온다면
이보다 더 좋을 수 없지.

그래, 맛있게 먹으면 0칼로리라고 했으니까
맛있게 먹자.

멍 때리는 시간

○

JTBC에서 방영된 〈효리네 민박〉에서 스태프로 출연한 아이유가 평온해 보이던 순간은 아무도 없는 집에서 멍하니 있을 때였다. 북적대는 민박집에서 바쁘게 일하다 가만히 앉아 있는 시간에 찾아온 안도, 고요한 상념으로 숨을 고른다. 누군가 내 인생을 가까이서 관찰한다면 하루 중 멍하니 있는 모습은 얼마나 될까.

머리가 복잡할 때는 생각을 멈추고 그냥 멍하니 시간을 흘려보낸다. 굳이 할 일을 찾지도, 애써 노력하지도 않는다. 비울 만큼 비워지면 몸과 마음에 다시 움직일 힘이 생긴다.

지금 지쳐 있다면 잠시 하던 일을 멈추고 허공을 바라보자. 책을 덮고 눈을 감아 보자.

때로는 쓸모없는 낭비라 치부되는 일이 쓸모가 되기도 한다.

첫차

○

이렇게 살아 좋은 날이 올까?
열심히 사는 건 모두에게나 다 일인데
난 얼마나 더 열심히 살아야 빛을 볼 수 있을까.

이런저런 고민으로 밤을 새우다 날이 밝았고
무작정 새벽 거리로 나가 버스 정류장 앞에 서니
아무도 타지 않은 버스 문이 눈앞에 열려 있었다.
새벽 3시 30분의 첫차.
머뭇거리다가 이내 버스에 올라탔다.

정류장마다 사람들이 타고 내린다.
누군가는 퇴근을 하고 누군가는 출근을 한다.
첫차에는 시작과 끝이 모두 있다.

올라타자마자 눈을 붙이는 이들이 있는데

아마 어제의 고단함을 털어 내지 못하고
하루를 시작하는 이들일 것이다.

각자의 위치에서 성실하게 살아 내는 이들에게
속으로 들리지 않는 응원을 보낸다.
'힘내자. 나도 당신도.'

좋은 날이 오리라 믿으며 무작정 기다리기보다는
오늘 하루가 당신에게 좋은 날이기를 바라 본다.

향초

○

때로는 괜찮지 않은 하나가 괜찮은 아흔아홉을 이길 수도 있다.

갑자기 몰려온 일 하나에 힘이 다 빠져 버린 날이 있다.
그런 날은 세상이 다 무너진 듯 깜깜하고 무기력해진다.

무거운 걸음으로 집에 돌아와 씻지도 않고 침대에 누웠는데
작년 크리스마스에 선물로 받은 라벤더 향초가 생각났다.

성냥을 그어 향초에 가져다 댄다.
짙고 까맣던 어둠이 작은 향초로 서서히 밝아진다.
타닥타닥, 나무 심지가 타들어 가는 것을
꼼짝도 안 하고 바라본다.

자기보다 몇 배는 덩치가 더 큰 어둠을
작은 향초는 온 힘을 다해 몰아내고 있었다.

그럴수록 자신의 형체가 불분명해지고 있음을 아는지 모르는지.
그렇게 제 몸 바쳐 어둠과 싸우는 초를 보고 있자니
괜찮지 않은 이유 하나로 무기력해진 자신이 부끄러워졌다.

초를 끄고 커튼을 걷어 창문을 활짝 연다.
불어오는 시원한 바람에 라벤더 향이 섞인다.
생각보다 괜찮은 기분이다.

어쩌면 뒤집어 생각할 수도 있다.
하나는 중요한 숫자라고.
때로는 괜찮은 하나가 괜찮지 않은 아흔아홉을
이길 수도 있으니까.

새벽 신호등의 일

○

목이 말라 잠에서 깨니 풍경이 낯설다.
'아, 여행지에 와 있구나.'
갈증을 해소하고 창밖을 보니
빈 도로에 차는 지나다니지 않고 신호등만 깜빡거린다.
정직하고 일정한 속도로 초록에서 빨강으로
빨강에서 초록으로 바뀐다.

차 한 대 달리지 않으니 몰래 잠깐 쉬어도 좋으련만
어쩌면 저렇게도 성실할까.

한참을 바라보고 있는데 차 한 대가 멀리서 달려온다.
차는 신호등의 불빛에 맞추어 출발과 정지를 반복한다.

아무도 몰라준다 해도 이처럼 제 몫이 있다.
누구 하나 알아주지 않아도 괜찮은 이유가 여기에 있다.

알아주는 일만 가치 있는 것은 아니니까.

새벽 신호등이 하는 일을 보며
내가 매일 하는 일도 가치 있는 일이지 싶어
미소 지어진다.

거울 속 표정이 따뜻하다.
다시 침대로 들어가면 왠지 기분 좋은 꿈을 꿀 것만 같다.

살며시
손잡아
주기

비닐우산

○

집을 나서며 일기 예보를 확인했어요. 비 올 확률이 20퍼센트라 설마 비가 오려나 싶어 그냥 집을 나섰어요. 하지만 모임 장소에 도착하니 비가 내리네요. 20퍼센트의 확률이 80퍼센트의 확률을 이겼네요. 비를 맞고 가자니 공들인 화장이 번질 것 같아 셔츠 소매를 걷고 손에 든 책으로 머리를 가린 채편의점으로 뛰어가 비닐우산을 샀어요.

'토도독.'
비닐우산으로 떨어지는 빗방울에 가로등 노란 불빛이 번져 보여요. 목적지를 잊고 한참이나 서서 하늘을 바라봅니다. 비가 온몸으로 쏟아지는 듯한 착각마저 들어요. 비를 향해 손을 뻗었어요. 우산 끝에 맺힌 물방울은 손끝에 닿지만 나는 비를 맞지 않죠. 이 얇은 우산이 나를 지켜 주니까요.

빗줄기가 가늘어지더니 이내 비가 그쳤어요. 비가 내리기 시작해 우산을 사고 비를 구경한 이 찰나의 순간. 지금 당신이 겪고 있는 일도 이 쏟아지는 비와 같지 않을까요. 한때 쏟아붓는 비처럼 힘든 시간들도 다 지나갈 거예요. 지금은 온몸으로 비를 맞고 있다 생각하지만 잠시뿐일 거예요. 지금 떨어지는 빗방울을 세느라 보지 못했을 뿐 분명 당신 머리 위로 든든한 우산이 받치고 있을 거예요.

어쩌면 젊음은 비닐우산 같아요. 투명하고 맑아서 부서질 듯 약하지만 그래서 더 아름다운. 당신의 비도 그칠 거예요, 곧. 그러니 걱정 말아요. 당신 손에는 비닐우산이 들려 있잖아요.

우연한 봄

○

늘 막히던 길이 오늘따라 한산하다.
달리는 차 창문을 열고 왼손을 내밀어 바람과 마주 잡는다.
사랑하기 좋은 날이네, 참-

후드득 소나기 내리는 길을 커다란 우산을 쓰고 걷다
당신과 어깨를 나란히 하고 걷는 걸음을 그려 본다.
사랑하기 좋은 날이네, 참-

옷장에서 1년 만에 꺼내 입은 옷이 어제 입은 듯 잘 어울린다.
거울을 보며 어디를 갈까 생각하다
휴대폰에 뜬 당신의 이름에 입꼬리가 올라간다.
사랑하기 좋은 날이네, 참-

우연한 봄 같은 순간들
모두 사랑하기 좋은 날.

생의 한가운데

○

결혼 전에는 언제 결혼할지를 묻고
하고 나니 아이는 언제 낳을 것인지 묻고
낳고 나니 둘째는 언제냐고 묻고.

결혼 비용을 대신 내줄 것도 아니고, 아이를 대신 낳아 줄 것
도 키워 줄 것도 아니면서 다들 뭐가 그렇게 궁금하고 또 궁
금할까요. 숙제를 끝내듯 대학 입학, 연애, 어학연수, 취업, 결
혼, 출산, 내 집 장만을 해야 한다는 압박 속에서 우리는 살고
있어요. 왜 그렇게 살아야 하느냐는 질문에는 하나같이 '그게
다 어른이 되는 과정'이라고만 이야기해요. 일종의 통과 의례
인 거죠.

그렇다면 이런 통과 의례를 거치지 않으면 어른이 되지 않는
걸까요? 취업했으니 너는 1/2만큼 어른, 결혼했으니 2/3만큼
어른, 이렇게 분류해야 맞는 걸까요?

아닐 거예요. 삶의 방식은 사람마다 다르고, 그것을 선택할 자유는 누구에게나 있으니까요. 우리는 저마다의 방식으로 살아갈 뿐이죠.

남들이 숙제처럼 정해 놓은 목표는 꼭 이루지 않아도 괜찮아요. 우리는 지금 삶의 한가운데를 살아가는 보통 어른이에요. 지금 모습도 충분히 괜찮아요. 그러니 아무것도 모르는 타인의 말에 휘둘리고 상처받지 말아요. 지금 당신의 삶이 유일한 정답이라 믿어요. 아무 걱정 말고.

할머니는 말했다

o

목 놓아 우는 그녀에게
할머니는 안경 너머 눈물을 글썽이며 말씀하셨다.

"그만 울어, 그렇게 배우는 거야.
이런 날도 있고 저런 날도 있는 거야.
아직 젊은데 무얼.
이렇게 하나하나 배우며 살다 가는 게 인생이야.
이렇게 배워도 다 못 배우고 가는 게 인생이야.
그러니까 그만 울어."

포장마차

○

노란 알전구가 매달린 주황 천막 포장마차에
빨갛고 파란 플라스틱 의자가 놓여 있다.
하루의 피곤을 달고 들어온 이들이 안주를 고르고
작은 소주잔에는 술이 오가고
그 틈으로 이야기도 흘러간다.

소주가 달게 느껴지면 어른이 된 거라고 했는데……
눈물을 닮은 이슬을 달게 마시는 이들 틈에서
나도 같이 잔을 든다.

소주 한 잔 마시고
오이 하나 집어먹고
소주 한 잔 마시고
근심 하나 털어 내고
소주 한 잔 마시고

국물 한 입 떠먹고
소주 한 잔 마시고
시름 하나 털어 내고.

짝이 맞지 않는 나무젓가락과 초록색 땡땡이 플라스틱 그릇에
근심, 걱정, 시름을 털어 내려 몸은 비틀비틀.
빨간 앞치마를 한 주인아주머니도 오늘 밤은 편안하시기를.

기분 좋은 취기에 콧노래를 흥얼거리며
주황색 천막을 걷어 올려 나오는 걸음걸음이 흥겹다.

오이냉국

○

뜨거운 아스팔트에서 모락모락 아지랑이가 피어오르는 7월의 한낮이다. 밖도 뜨겁고 속도 뜨거운데 시장기는 때에 맞추어 잘도 찾아온다.

'아, 귀찮아.'

먹을 것이 없나 하고 냉장고를 열어 보니 엄마가 준 야채가 통 한가득 살아 숨 쉬고 있다. 그동안 냉장고 문을 열 때마다 신경 쓰였던 저 야채들. 썩어 버려지려고 힘겹게 열매 맺은 것이 아닐 텐데. 하나의 대상이 제 역할 대로 쓰이지 못하고 버려질 때 그것을 낭비 혹은 슬픔이라고 부를 수 있지 않을까?

고민 끝에 시들해져 가는 오이로 냉국을 해 먹기로 한다.

송송송.

탁탁탁.

오이, 당근, 물, 소금 1스푼, 설탕 4스푼, 식초 6스푼.

얼음 동동, 참기름 똑똑, 깨는 왕창.

양은 대접 가득 담긴 시원한 냉국을 들이켜 뜨거운 속을 식힌다.

창밖의 매미는 힘차게 울고 선풍기는 탈탈 돌아간다.

여름의 맛을 느끼는 보통날.

열어 둔 창문으로 불어오는 바람이 시원하게 느껴진다.

그제야 이마에 맺힌 땀이 식는다.

수영장

○

무언가를 싫어한다는 것은 순간의 주관적인 판단이 아닐까.
싫어하는 것을 영원히 싫어할 수도 있지만
취향이 바뀌어 싫어하지 않게 되고
운이 좋으면 좋아하게 될지도 모르니까.
그러니 함부로 정의 내리거나 속단, 판단하는 것은
어리석은 일이다.

수영장에 몸 담그는 것을 지독히도 싫어하던 내가
언제부터인가 수영장을 좋아하게 되었다.
올해 난생 처음으로 수영장에 몸을 담갔는데
그 뒤로 벌써 두 번이나 더 갔다.

싫어하는 사람을 언젠가 좋아하게 되고
좋아하는 무언가를 싫어하게 되는 일은
인생에서 크게 유별날 것 없는 일이다.

그냥 그렇게 흘러가도록 두면 된다.

날도 속도 뜨거운 날이면 나도 모르게 수영장이 간절해진다.
파란 물속에 들어가 둥둥 떠 있는 상상을 남몰래 하며
남은 하루를 버틴다.

겨울 바다

o

어떤 연애를 하면서는 바보처럼 아름다운 이별을 꿈꿨다. 좋아하는 마음이 감당할 수 없게 커질까 두려웠고, 더 사랑하면 지는 것 같아 사랑하면서도 속으로는 이별을 연습했다. 터보의 〈회상〉을 들으며 사랑하는 사람과 헤어지면 겨울 바다에 가야 할 것 같다고 생각하기도 했다. 그렇게 막연하고도 낭만적인 이별을 그린 때가 있었다.

사랑의 시작은 예감할 수 없지만 이별의 그림자는 서서히 드리운다. 사랑을 시작한 지 석 달하고도 열흘, 뜨거웠던 날만큼이나 차갑게 식어 가는 마음을 느끼며 혼자 겨울 바다로 갔다. 그에게 전할 이별의 말을 고르며.

차가운 바다 앞에 서면 마음도 정리될 거라 기대하며 버스에 올랐다. 다섯 시간을 꼬박 달려 바다에 도착했을 때는 이미 어둠이 짙게 깔려 있었고, 차갑게 부는 바람 앞에 얼굴을 베

이고 마음도 베였다. 누가 겨울 바다를 낭만적이라 했을까. 춥고, 춥고, 춥다는 생각밖에 들지 않는 겨울 바다. 지금 부는 바람이 더 추울까, 내 마음이 더 차가울까. 시린 바다에서 남몰래 이별을 고하며 오래도록 슬퍼하지도 못했다. 너무 추웠던 탓에.

'지금 우리 관계가 꼭 겨울 바다 같다.'
그와의 짧은 통화 끝에 꽁꽁 언 손을 비비며 헛웃음이 났다. 이 무슨 얼어 죽을 낭만인가. 추운 바다 곁에 서서 어지러운 마음을 다 정리하고 나니 다시는 이렇게 이별하지 않으리라 저절로 결심이 되었다. 차가움을 차갑게 덜어 내는 것은 너무도 잔인하니까.

만약 지금 겨울 바다에 부는 것만큼이나 마음에 시린 바람이 분다면 부러 더 차가움으로 내몰지 말자. 대신 온기를 향해 가자. 금이 간 마음이 서서히 아물 수 있게 따뜻한 온기를 향해 발걸음을 돌리자.

겨울 바다를 뒤로하고 버스에서 계속 되뇐 그 말.
'온기를 향해 가자.'

끼니를 걱정해
주는 문자

○

문자 메시지가 왔다.

-밥은 먹었니? 몸 상하지 않게 챙겨 먹고 다녀.
-밥 한번 먹자, 맛있는 거 사 줄게.

사소하고 흔한 말에 눈물이 톡 하고 흐른다.

-응, 이제 먹으려고. 고마워.

답장을 전송하고 밥솥을 연다.
계란 프라이를 부치고 간장 반 스푼에 참기름 한 스푼을 둘러
쓱쓱 비빈다.
그래, 먹자. 먹고 힘내자.
내일의 걱정은 내일이 대신해 줄 테니.
일단 밥부터 먹고 다시 생각하자.

끼니를 챙겨 주는 문자씩이나 받는 사람인데
이러고 있으면 안 되지.
힘을 내야지.

일기

○

서랍을 정리하다 오래된 일기장을 발견했다. 일기장에는 아직 어린아이가 애처롭게 버둥거리고 있었다. 열등감을 포장하려 안간힘을 쓰고 있었다. 할 수만 있다면 그 아이에게 이렇게 말해 주고 싶다.

'열등감이 고개를 높이 쳐들 때는 창피해하지도 말고, 애써 극복하려고도 하지 말고 그냥 둬. 한계를 인정하는 거야. 다른 무엇으로도 부족함을 포장하려 하지 말고 있는 그대로 대면하는 거야. 얼마 전, 어느 잡지에 실린 인터뷰 기사를 봤는데 누가 봐도 근사해 보이는 사람이 고백하기를 그도 극복하고 싶은 열등감이 있다고 했어. 당연해. 열등감은 누구에게나 있으니까. 열등감 없이 사는 사람은 아마 세상에 없을 거야.'

지금에 와서 돌이켜 보면 열등감은 떨쳐 버리려고 애쓸 것이 아니라 손잡고 등 두드려 주며 같이 가야 하는 친구인 것 같다. 떠올리면 떠올릴수록, 떨치려 하면 할수록 자꾸만 모습을 드러내는 것이 그 감정의 속성이니까. 예민하고 까칠해 보다 많은 관심이 필요한 친구인 것이다.

일기를 덮으며 아직 내 안에 자리한 열등감을 꺼내 놓고 머리를 쓰다듬어 준다. 그러다 펜을 꺼내 오래된 일기장 귀퉁이에 꾹꾹 눌러 적는다.

'사라지지 않아도 괜찮아.
네가 있어서 오늘의 나도 있어.
너를 극복하기 위한 발버둥 덕에 오늘의 나도 있어.'

봉지 커피

○

지금 어때요? 많이 피곤한가요?

그럼 우리 같이 커피 한 잔 어때요?

5분이면 충분해요. 기다란 커피 봉지를 손으로 툭 잘라 컵에 털어 넣고 신중하게 물 높이를 맞춰요. 그런 다음 한 손에 가만히 쥐고 있던 봉지를 컵에 넣고 휘휘 저어 휴지통에 버린 뒤, 다른 손으로는 방금 탄 커피를 홀짝홀짝 마시기만 하면 돼요.

익숙한 향과 친숙한 맛이 주는 깊은 위로.

뻣뻣하게 굳은 목 주변을 이리저리 돌리며 마시다 보면 남은 하루를 버틸 위안을 얻을 수 있을 거예요.
하루 한 잔, 가장 익숙하고 손쉬운 휴식을 선물하는 막간의 기쁨.

잔에 담긴 커피가 한 모금 남을 때쯤이면
내려놓기 아쉬운 잔을 돌리며 마음으로 말해요.

'남은 하루도 잘 마무리하자. 마지막 한 모금에 또 힘을 내자.'

거울

○

거울을 피해 다니는 여자를 알고 있다. 그녀는 거울에 비친 자신의 모습이 싫어 세수할 때도 보지 않고, 스킨로션도 허공을 보며 바른다. 길을 걷다가도 거울이 보일라치면 황급히 시선을 돌리거나 아예 고개를 들지 않고 땅만 쳐다보며 걷는다.

자신이 기대하는 모습과 거울 속에 보이는 모습이 달라서일까? 사실, 거울 속 자신의 모습은 껍데기에 불과한데. 거울 너머 눈동자 깊은 곳에 보이는 알맹이가 진짜인데.

보이는 것이 전부가 아니라고, 그러니 속상해할 필요가 없다고, 누구보다 아름다운 눈동자를 가진 그녀에게 늦더라도 이 말을 꼭 전하고 싶었다.

웃음 길

○

슬픔이 떠다니는 길에 끼어 그냥 웃지.
이유는 나도 몰라.
그저 따라 할 뿐.

웃다 보면
슬픔 길은 웃음 길이 되고
그러면 그 길은 네 길이 되지.

네 길이
슬픔 길이 될지
웃음 길이 될지는
오늘 너의 웃음으로 바뀔 수 있지.

공감해 주는 마음

○

근심 걱정 하나 없을 것 같은 밝은 친구가 어느 날 내게 말했다.

"실은, 나 공황 장애가 있어. 몇 년간 약도 먹고 상담도 받았는데 아직 사람 많은 지하철을 못 타. 영화관도 답답해서 못 가고. 잘 때도 조금씩 문을 틔어 놓고 자야 해."

뜻밖의 고백에 잠시 머뭇거리다 나도 말을 이었다.

"누가 그러는데 그건 마음의 감기 같은 거래. 언젠가 다 지나가겠지만 현재로써는 치료와 관심이 필요한 감기. 나도 사람 많은 지하철을 타면 숨이 가빠 오고 어지러워. 그럼 우리 같이 버스 타고 갈까?"

아픔은 같은 종류의 아픔을 만나 공감을 나누고 나면 희미해진다.

이토록 세상에 아픈 사람이 많다는 것은

그만큼 서로를 더 이해하고 안아 주어야 한다는 뜻이 아닐까.

오래된 영화

○

지독하게 이기적인 남자와 연애하는 지인이 있다. 다가가면 멀어지고 멀어지려 하면 다가오는 상대와 7년을 함께하며 흘린 눈물이 평생 흘린 것보다 더 많을 텐데, 그녀에게는 다른 선택의 여지가 없단다.

나쁜 사랑의 덫에 걸린 그녀는 오래된 영화를 보며 희망을 갖는다고 했다. 나쁜 남자가 갖은 마음고생을 다 시키다가 결국은 한 여자에게 정착한다는 상투적인 내용의 영화를 반복해서 보며 그 상황에 자신을 대입시킨다. 원망도 않고 그를 기다린다. 독주인 줄 알면서 마시는 술에도 희망을 찾을 무언가가 있음을 그녀를 보며 깨달았다. 그녀는 오직 영화의 시작과 끝만 본다. 자신이 보는 오래된 영화의 끝은 결국 해피 엔딩이니 자신의 인생도 그럴 것이라 기대한다.

여러 번 본 영화의 결말은 끝을 다 보지 않아도 알 수 있는 것처럼 우리 인생에도 미리 보기 서비스가 허락된다면 어떨까. '결국 그들은 행복하게 살았습니다'가 아닌 다른 결말을 본다면 지금의 선택을 바꿀 수 있을까. 그렇지 않을 것이다. 다시 돌아간다 해도 같은 선택을 할 것이다. 결과마저 바꿀 수 있다고 자신하면서.

고민 끝에 한 편의 영화를 그녀에게 전송한다. 나쁜 연애에서 빠져나와 자신의 삶에 집중하다 여행 중에 만난 새로운 인연과 사랑에 빠지는 내용이다.

다음 사랑은 부디 아프지 않고 따뜻하기를
상대가 아닌 자신을 먼저 사랑할 수 있기를
진심으로 바라며.

떡볶이

○

"저녁 먹었어? 아직이라고? 잘됐네. 우리 떡볶이 먹자.
맵고 빨간 것. 스트레스 때문에 죽을 것 같았는데 정말 잘 됐다."

머리도 식힐 겸 잠시 나온 카페에서 받은 전화 한 통에 신이
나 어떤 떡볶이를 먹을지 고민하며 집으로 돌아간다.

야들야들하고 쫄깃한 떡에 배인 양념을 음미하며 목으로
넘길 때는 세상 부러울 것이 하나도 없다.
거기다 탱탱한 순대에 바삭한 튀김까지 추가하면 젓가락질은
쉽게 멈출 수 없다.
빨간 떡볶이 국물에 찍어 한 입
매운 입을 달래려 물 한 잔 마시다 보면
이전에 받은 스트레스는 희석되기 마련이다.

상상은 이쯤에서 멈추고 본격적으로 행복해질 준비를 시작한다.

가스레인지에 물을 올려 끓이고 냉장고를 열어 떡을 꺼내 불린다. 보글보글 물이 끓기 시작하면 양념을 풀고 떡과 어묵을 순서대로 넣는다. 기본 재료를 다 넣고도 왠지 아쉬워 냉동실을 뒤적이다 보면 떡볶이와 어울리는 자투리 재료가 하나쯤은 있기 마련. 오늘은 운 좋게 다진 소고기를 발견해 떡볶이에 투하한다. 양파와 대파도 송송 썰어 올리고 라면 반 개도 부숴서 꼬들꼬들하게 익힌다. 맛있게 익어가는 냄새가 올라오면 불을 끄고 깻잎을 손으로 잘라 넣고 한 바퀴 저으면 완성.

"딩동."

문을 열고 들어선 친구가 식탁 위의 떡볶이를 보며 환호한다. '스트레스, 뭐 별것 아니네'라고 말할 수 있는 유일한 순간.

웃음

◦

물을 흘리자마자 냅킨이 손에 쥐어진다.
세심하게 챙겨 준 당신이 고마워 웃는다.
문을 다 지날 때까지 문고리를 잡아 주는 다정함에 웃는다.
일행과 떨어진 내 걸음에 맞춰 걸어 주는 당신이 고마워 웃는다.

길을 걷다 세일 중인 화장품 매장에 들어선다.
스킨로션이 다 떨어져 고르다 화장품이 떨어졌다는
친구 말이 떠올라 두 개씩 집어 든다.
반색할 친구의 얼굴을 상상하니 괜스레 설렌다.

누군가를 웃게 하면 나도 웃는다.

아이스크림

○

아스팔트가 이글이글 불탄다.

고기를 올리면 맛있게 바싹 구워질 것 같은 숨 막히는 폭염이다.

더운 날은 사람들의 불쾌지수가 어찌나 높은지 다들 예민하다.

그 예민함에 종일 들볶이다 나오니 지쳐서 입맛도 없다.

퇴근 후, 터덜터덜 걷고 있는데

편의점에 붙은 아이스크림 행사 포스터가 눈에 들어온다.

'가만, 내가 좋아하는 아이스크림이네.'

비싼 탓에 평소에는 선뜻 손이 가지 않던 것을 세 개나 골랐다.

우연한 행운 덕에 값은 두 개만 치르고

봉지를 흔들며 아이스크림을 물고 집에 가는 길.

밤바람이 머리칼을 스쳐 땀을 식힌다.

남은 두 개는 냉동실에 넣어 두어야지.

내일이 오늘보다 괜찮은 이유를 만들어 두었으니

분명 괜찮을 것이다.

힘들 때는 냉동실에서 대기 중인 시원한 위로를 떠올리자.

무작정 걷기

○
작정하고 걷는다.
가방을 메고 운동화를 신고
정처 없이 걷고 또 걷는다.

문득, 이 세상에 나는 없고
주어진 역할만 있다는 생각이 들었다.
마치 삶이 때에 맞게 주어진 미션을 통과해야 하는
서바이벌 게임 같았다.

학교
학점
직장
상사
사랑
돈

꿈

하나같이 나를 옭아매는 것들.

인생의 주인공으로 살고 싶었는데

어쩌다 삶의 노예가 되고 말았을까.

자신이 하고 싶은 일을 하며 사는 사람과

남이 시키는 일만 하는 사람의 차이는 어디에 있을까.

무작정 걸으며 생각한다.

시키는 일을 하게 되더라도

그 일을 하고 싶은 일로 만드는 사람이 되어야겠다고.

그러면 어디에서도 주인공이 될 테니까.

지금 걷는 걸음걸음이 내 길이 되는 것처럼.

손깍지

o

아직 연인은 아닌
규정짓기 어려운 애매한 관계.
호기심과 애정이 몽글몽글 피어오르는 시기.

여자와 남자는 길을 걸을 때도 온 신경이 손끝에 집중돼 있다.
자연스레 늘어뜨린 손끝이 스칠 때마다 짜릿하다.
이때, 갑자기 차라도 끼어들어 준다면 금상첨화.

손가락 끝이 맞닿고 손등이 부딪치다 어느새 손을 맞잡는다.
손에도 표정이 있다면 이 순간 아마 발그레해졌겠지.
손가락을 만지작거리다 깍지를 낀다.
마주 보며 웃는 표정은 싱그러운 봄날이다.

따뜻하게 안아 주기
주기

갓 나온 따뜻한 빵

○

"바게트 나오는 시간이 언제예요?"

기분이 꿀꿀한 날에는 빵집에 전화를 걸어
바게트 나오는 시간을 확인해 시간 맞춰 들른다.
수북이 담긴 빵 사이에서 긴 바게트를 골라 집는다.
그때 빵을 담고 계산하는 시간은 왜 그리도 길게 느껴지는지.

받자마자 봉지를 뜯어 바삭한 바게트 껍질을 크게 베어 문다.
촉촉하고 야들야들한 속살이 느껴진다.
갓 나온 빵 냄새를 맡으며 손으로 뜯어 오물오물 씹는다.
그렇게 한참을 걷다 보면 여기가 파리인지 서울인지
잠시 여행을 떠나온 기분마저 든다.

가제트처럼 팔을 길게 뽑아
내가 나를 안아 주고 싶은 날이 있다.

하지만 팔을 길게 뻗을 수 없어
갓 나와 따뜻한 바게트로 대신 마음을 안는다.

마음먹은 대로 다 잘될 것이다.
갓 나온 빵을 사는 행운도 누리고 있으니까.

내장 파괴 버거

○

앞에 선 요리사가 섬세한 손길로 꺼내는 소고기 패티를 경건하게 바라본다. 고기를 손질하는 저 하얗고 긴 손가락. 요리사의 높은 콧날과 굳게 다문 입술이 섹시하다. 뜨겁게 달군 철판에 기름을 한 바퀴 두르고 두툼한 소고기 패티를 굽기 시작한다.

바삭하게 튀긴 감자를 넣고
계란 프라이
양상추
베이컨
파인애플
양파
거기에
다시 소고기 패티
토마토

치즈 듬뿍

튀긴 양파

소스가 뚝뚝 떨어지는 햄버거가

지금 내 앞에 주어진다.

침이 고인다.

용케 넘어지지 않고 서 있는 얼굴만 한 햄버거 앞에서 행복한 고민에 빠진다. 손으로 들고 먹을까, 칼로 우아하게 살살 잘라 먹을까. 하지만 생각은 역시나 행동을 따라가지 못한다. 손이 절로 움직여 기름에 튀긴 바삭한 프라이를 집어 먹는다. 바삭한 느끼함이 내장에 퍼지면 그때부터는 이성의 끈을 놓고 양손으로 먹게 된다. 계란 프라이 노른자와 고소한 베이컨, 두툼한 소고기 육즙이 입안에서 파티를 연다. 싱싱하고 아삭한 양상추와 치즈의 조화에 감동하다 센 불에 구워진 고소한 베이컨을 씹고 있자니 세상을 다 가진 듯한 기분마저 든다. 햄버거 하나에서 욕망의 끝을 보고야 말았다.

이번 주말에는 내장 파괴 버거를 먹으러 해방촌에 가야겠다. 다이어트는 잠시 잊고 1만 칼로리나 되는 햄버거를 입에 넣고 우적우적 씹어야지. 아무 생각 말고 주말에 먹을 햄버거만 떠올리자고 결심하니 벌써부터 행복해진다. 오늘을 견디게 하는 작은 이유, 이 정도면 충분하다.

등

○
"내가 지금 무슨 글씨 쓰는지 맞춰 봐."
"간지러워, 하지 마!"
"가만히 좀 있어 봐."
"알겠어. 다시 천천히 써 봐."
"알았어. 잘 느껴 봐."

"사랑해?"
"힘내?"

정말이야.
내일은 오늘보다 괜찮을 거야.

사랑해!
힘내!

늦은 밤,
버스 창문에 쓴 네 이름

○

밥 먹을 때를 제외하고는 한시도 앉지 못하고 종일 동동거리며 일만 하다 밤이 깊었다. 피곤함이 발끝에서부터 몰려온다. 버스 정류장에 도착하니 마침 집으로 가는 버스가 들어오고 있다. 시간이 늦어서인지 승객은 두어 명 남짓. 카드를 찍고 균형을 잡으며 문과 가까운 자리에 앉는다. 그러고 보니 오늘 처음 제대로 앉았다.

긴장을 풀고 창문을 열어젖힌다. 기분 좋게 부는 바람을 맞으며 몽롱한 낭만에 취해 창문에 입김을 불어 네 이름을 쓰니 하얀 김은 사라지고 너만 남는다. 다시 입김을 불어 네 이름 곁에 내 이름을 쓰다 누가 볼까 싶어 황급히 손으로 뭉개 버린다. 쑥스러워 잠시 웃다 입김을 불어 내 이름과 네 이름을 썼던 자리에 크게 하트를 그려 넣는다.

하루의 피로가 풀리는 기분이다.

누군가를 사랑하는 마음이란 이렇게 다정하고 좋구나.

저런 다리를 돌리며 너의 잠을 방해하지 않기 위해
전화 대신 메시지를 넣는다.
내일은 너를 만나러 가야겠다.

봄 바다

○

책 한 권을 탈고할 즈음이면 원고 뭉치를 들고 섬으로 간다. 깊고 넓은 바다 앞에서 원고를 들고 하염없이 보고 있자면 그동안 복잡하게 쌓인 문제들이 파도에 휩쓸려 사라지고, 새로운 이야기가 쓰고 싶어진다. 복잡함을 파도에 털고 봄바람에 흘려보내고 나서야 비로소 가벼워진다.

나처럼 가슴이 답답해 바다에 오는 사람들의 무게 다른 걱정이 쌓여 모래가 되었나 보다. 이렇게 무수히 작은 알갱이들이 쌓여 있는 걸 보니. 오늘의 걱정도 모래에 섞어 두고 나비처럼 팔랑팔랑 가볍게 돌아온다. 마음의 짐을 내려놓을 바다가 있어 참 좋다. 울고 싶을 때 언제라도 달려가 안길 품이 있어 참 따뜻하다.

예쁜 말

○

표현할 수 있는 가장 예쁜 말을 너에게 줄게.
낼 수 있는 가장 아름다운 목소리로 사랑을 줄게.

살아 있다는 사실 하나만으로도 너는 충분히 소중하니까.

따뜻하게 안아 줄게.
네가 힘들 때나, 기쁠 때나, 언제나.

감기를 옮고 싶은 마음

○

(자신이 걸렸을 때)

연인 : 나 감기 걸렸으니까 가까이 오면 안 돼.

　　　입도 맞추지 마, 감기 옮아. 콜록콜록.

(상대가 걸렸을 때)

연인 : 괜찮아, 어서 나한테 옮겨.

　　　감기는 원래 옮겨야 빨리 낫는 거래.

　　　이리 와서 나한테 옮겨.

톡톡하고 포근한 카디건

○

마음은 용케도 알아채고 계절을 앓는다.
불어, 불어도 줄지 않는 바람처럼
덜어, 덜어도 줄지 않는 대상 없는 그리움을
허공에 가득 채운다.

적당히 쓸쓸하고 외로운 계절이다.
이 모든 것이 다 바람 탓이다.

그렇게 애꿎은 바람만 탓하다
옷장에서 톡톡하고 포근한 밤색 카디건을 꺼낸다.
온몸을 감싸 주는 넉넉한 니트의 포근함은
사랑하는 이의 따뜻한 품처럼 느껴진다.

단추를 하나씩 잠그니 가슴에 불던 싸한 바람이 잠잠해진다.

발자국

○

강의를 마치고 집으로 돌아가려 문을 열었는데, 청소부 아주
머니가 더러워진 바닥을 밀대로 닦고 계셨다. 그냥 밟고 지나
가야 하나 망설이고 서 있는 내게 아주머니는 미소 지으며 어
서 지나가라고 하셨다. 얼굴이 비칠 만큼 반짝이던 바닥이 황
송해 재빠르게 걸어 보지만, 결국 발자국이 찍히고 말았다.
죄송한 마음에 뒤를 돌아봤을 때는 이미 발자국이 사라져 있
었고, 아주머니의 밀대는 연신 바쁘게 움직이고 있었다. 오래
품고 있던 걱정이 순식간에 허무해졌다.

그랬다. 이미 찍힌 발자국은 지워 버리면 그만이었다. 앞으로
찍을 발자국도 마찬가지다. 한 걸음, 한 걸음이 모여 길이 되
고 삶이 될 테니까. 내가 가는 길이 곧 내 삶이 된다. 좋은 방
향으로 걸어갈 생각만 하자. 뒤돌아보지 말고 힘차게.

파도

○

나지막이 그의 이름을 불러 보았다.
하얗게 부서지는 파도 앞에서
몰려오는 파도 앞에서
그의 이름을 부르고 숨을 쉬었다.

뜨거운 바다가 눈에 담긴다.

입을 벌려 파도의 맛을 상상한다.
입안 가득 바다가 차오른다.
이것은 눈물이 아니다. 바다다.

파도 앞에서 바다의 맛을 느끼며 나도 모르게
눈물을 펑펑 쏟고 말았다.
그제야 속이 시원해졌다.

많은 이들이 파도처럼 곁에 왔다 떠나간다.
더는 남겨지는 것에 연연치 않으리.
인연이란 내 뜻대로 되는 것이 아니기에.
만약 그랬다면 세상 모든 영화와 소설, 음악은
하나의 이야기밖에 존재하지 않았겠지.

파도 앞에서 무거운 마음을 털어 낸다.
돌아가는 길에는 눈물 한 방울 가져가지 않으려고.

한낮의 단잠

○

해결하지 못해 앓고 있던 문제를 잊고 싶어서
고단했던 어제를 덜어 내고 싶어서
깊은 잠을 자고 싶어서
평일에 휴가를 냈다.

하지만 몸은 이른 아침부터 움직여졌고
결국, 슬리퍼를 신고 나가 조용히 걸었다.
바쁘게 나를 지나는 이들의 모습을 관찰하며.

머리를 감고 제대로 말리지 못하고 나온 사람.
스마트폰에만 눈을 두고 가는 사람.
딱 봐도 숙취에 시달리는 듯한 사람.
종종걸음으로 어딘가를 향해 바쁘게 가는 사람.
어제의 나는 이 중에서 어떤 모습을 하고 걸었을까.

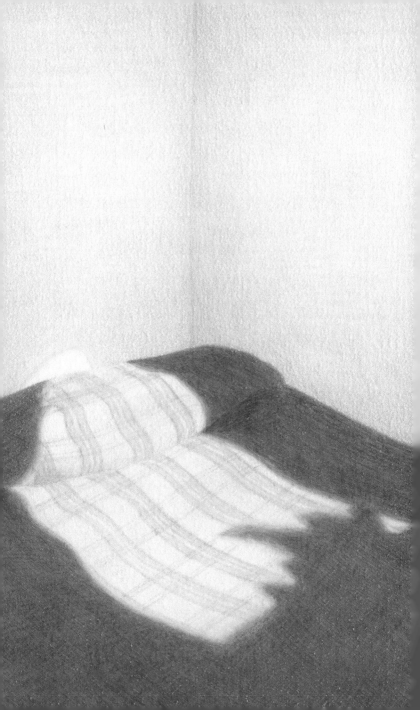

한참을 걷다 느릿느릿 집으로 돌아온다.
시간은 벌써 오후 2시를 지나고 있었다.

평일에 쉬게 된다면 가장 간절했던 것은 긴 낮잠이었다.
달걀을 넣어 대충 익힌 라면을 후루룩 먹고
침대로 다시 들어간다.
그러고는 다시 깨지 않을 것처럼 달고 깊은 잠을 잔다.

시간에 구애받지 말고 자야지, 오늘 하루만큼은.
다디단 잠에서 깨어나면 고민 따위는
단잠에 녹아 사라져 버렸기를.

잠든 아기의 숨

o

아기의 잠든 얼굴을 바라보고 있으면 잠시나마 평화로워진다.
작은 얼굴에 오밀조밀 붙어 있는 눈, 코, 입.
뽀얀 피부에 긴 속눈썹, 앙증맞은 빨간 입술.

곤히 잠든 아기의 가슴이 오르락내리락한다.
쌔근쌔근 잠든 아기의 코끝에 손가락을 대니
따뜻한 숨결이 와 닿는다.

아기가 내쉬는 숨소리에 나도 모르게 잠이 쏟아진다.
품에서 자던 아기가 양팔을 뻗어 지그시 어깨를 감싼다.
그렇게 아기의 품에 안겨 고른 숨소리를 들으며 잠이 든다.

불면과 고민이 작은 생명 앞에서 초라해지는 순간이다.

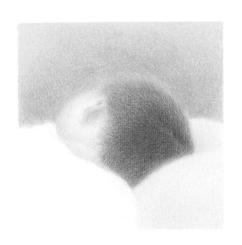

숟가락에 얹어 준 반찬

○

어린 시절, 할아버지는 내 우주였다. 어떤 반찬을 좋아하는지 기억했다가 숟가락에 얹어 주시던 다정한 손길이 좋았고, 할아버지의 자전거 앞에 앉아 한가로운 시골길을 달리던 기억은 봄날의 부드러운 바람처럼 다정했다.

"이것도 먹어 봐, 어서."

생선을 곱게 발라 숟가락에 얹어 주는 당신의 손을 보니 문득 할아버지가 그리워진다. 사랑이란 사소한 취향을 기억해 주는 다정함인가. 그렇다면 지금 나는 사랑받는 것이 틀림없었다. 숟가락에 올려진 반찬을 물끄러미 바라보다 입안 가득 넣고 오물거린다. 다음 반찬을 올려 주려 기다리는 당신의 젓가락이 무안하지 않도록 얼른 빈 숟가락을 내려놓으려고.

연애

○

이보다 더 좋을 수는 없지.
가슴 떨림, 짜릿함 그 자체니까.

시작하는 연애는 설렘
오래된 연애는 편안함
그 생각만으로도 하루의 고단함을 녹일 수 있지.

사랑하지 않고 잔잔한 물결로 사느니
사랑하고 격동의 파도로 살래.

연애
포옹
입맞춤
사랑
달콤함

짜릿함

⋮

그리고 당신의 입술
세상의 모든 위로.

마음의 허기

○

일을 하다 보면 몸과 마음이 지칠 때가 많은데, 평소보다 더 힘든 날에는 무엇을 먹을지 고민조차 버거워진다.

자장면, 돈가스, 쌀국수, 햄버거, 설렁탕, 파스타……
'세상에 맛있는 음식은 이렇게나 많은데'라며 간판을 읽는 의욕적인 눈과 달리 속은 허기를 느끼지 못한다. 무엇을 먹어야 배가 채워질지 판단이 서지 않는다. 결국, 집으로 가는 지하철에 몸을 실었다.

-뭐 해? 밥은 먹었어?
때마침 온 동네 친구의 메시지가 눈물 나게 반갑다.

-두 끼쯤 굶었는데 뭐가 먹고 싶은지 모르겠어. 너는?
-잘됐네, 우리 집에 와. 같이 뭐 시켜 먹자.

지하철에서 내려 친구네 집 쪽으로 걸어가며 제일 먼저 보이는 빵집에서 빵을 샀다. 빵 봉지를 흔들며 문을 열고 들어서자 친구는 말없이 두 팔을 벌려 안아 주었다. 그렇게 말 없는 포옹에 한참을 서 있었다.

꼬르륵.
마음의 허기가 채워졌는지 그제야 뱃속의 허기가 느껴졌다. 말 없는 포옹에 내내 지쳐 있던 이유가 눈 녹듯 사라졌다. 가슴과 가슴이 맞닿도록 따뜻하게 안아 주는 이가 있어 참으로 다행인 저녁이었다.

밤 샤워

○

쏴-

하루의 먼지가 붙은 옷을 걸음마다 한 겹씩 벗으며 욕실로 간다.

샤워기 물을 따뜻하게 틀고 흘러내리는 물줄기에 몸을 맡긴다.

세찬 물줄기로 몸에 붙은 먼지와 마음에 낀 말들을 씻어 낸다.

거품을 잔뜩 내 구석구석 정성스레 몸을 닦고 먼지를 씻어 내며

하루의 모든 순간을 떠나보낸다.

밖에서 담아 온 모진 말과 행동도 남김없이 흘려보낸다.

수건으로 물기 하나 없이 닦아 낸 몸에는

평소 좋아하던 로션을 발라 주고

마른 입은 생수 한 컵으로 적셔 준다.

하루가 끝났다.

오늘의 고단함이 끝났다.

내일 찾아올 고단함은 내일의 몫이다.

세상의 모든 위로

초판 1쇄 인쇄 2018년 1월 5일
초판 1쇄 발행 2018년 1월 10일

지은이 윤정은
일러스트 윤의진

펴낸이 박세현
펴낸곳 팬덤북스

기획위원 김정대·김종선·김옥림
기획편집 이선희
편집 김종훈
디자인 심지유
영업 전창열

주소 (우)03966 서울시 마포구 성산로 144 교홍빌딩 305호
전화 070-8821-4312 | **팩스** 02-6008-4318
이메일 fandombooks@naver.com
블로그 http://blog.naver.com/fandombooks

등록번호 제25100-2010-154호

ISBN 979-11-6169-034-6 03810